El tintero del Alma

El Tintero del Alma.

Cuando el corazón, también escribe.

Sayduvis Blanco Neira

El tintero del Alma

Dedicatoria

Este poemario, el cual recoge mis reflexiones y sentimientos hechos letras, va dedicado a todo aquel, que desee que su corazón, también exprese su propia esencia, sus propias emociones y su propia pasión.

Por otra parte, dedico este libro a mi familia, en especial, a mi madre por ser mi puerto seguro. Además, este libro es dedicado a mis amados amigos y colegas, que, con su ejemplo de superación personal, con sus obras y con su apoyo incondicional, me han permitido crecer como autora y como ser humano. Créanme que ustedes, tienen un valor incalculable para mí; y seguirán teniéndolo eternamente.

Por último y no menos importante, este poemario lo dedico, a todo aquel que se deleite con lo que mi corazón, ha querido expresar mediante estas letras.

Sinopsis

En muchas ocasiones, el corazón se siente repleto y saturado de sentimientos y emociones, que piden a gritos salir a la superficie, pero este no encuentra la manera de darles la libertad que ellos precisan.

Es en este momento, en el que este toma una pluma y un tintero, a la usanza de los escritores antiguos; y escribe sin parar, escribe y escribe, para de esta manera, poder derramar mediante letras, hasta el último recoveco de su alma.

Y, ¿Cuál es el resultado de su escritura? El que a continuación, muestro en este poemario. ¿Te gustaría saber qué sucede, cuando el corazón también escribe?

Eternidad rechazada

De un intento fallido, de algo que no tiene caso arreglar, porque ni en la cima de mi mente, puedo ver el cielo raso.

Pensamientos en fila que me impiden un descanso. Y es que no se si estoy bien, o es que ya me he acostumbrado, a esforzarme el doble para ver la inmensidad de lo perpetuo.

Es por eso, que sólo en algunas ocasiones, me desespera estar sola y no tener con quien hablarlo. A la vez que me aterra, tener que depender de algo o de alguien, que un día, decida irse sin explicación alguna, dejándome en la más absoluta decidía y en la más aterradora oscuridad.

Por eso, rechazo pensar en la eternidad como un espacio de tiempo, porque de lo contrario, terminaría rechazando el presente, como el propulsor de mi satisfacción actual.

Las estrellas

Siempre que veo las estrellas, siento algo de nostalgia, porque me recuerdan a ti. Me recuerdan al aura tan brillante y reconfortante, que cubría todo tu cuerpo, cuando eras cobijado con su manto.

Me recuerdan al brillo de tu sonrisa; y eso me recuerda, cuando reíamos a carcajadas, por todo y por nada al mismo tiempo. En esos momentos cuando todo parecía ser perfecto.

En esos momentos, los problemas y las desgracias desaparecían; y, solo estabas tu, dándome tu cariño y diciéndome que todo iba a estar bien.

Pero tú ya no estás aquí. Y ahora, cuando veo las estrellas, siento una profunda oscuridad que me consume.

Y, mientras más las observo, esta oscuridad me consume más y más, con cada minuto que pasa, con cada aliento de aire que entra por mis pulmones. Hasta que no queda nada más de mí; y caigo rendida, ante un sueño tormentoso.

Tengo miedo

Tengo miedo, miedo de volverme a equivocar. De volver a confiar; y que al final, lo único que obtenga de ello, sea una sensación de dolor, de vacío y de dudas.

Tengo miedo, a veces no quisiera encariñarme. No, si lo único que voy a obtener de ello, será aun mas dolor.

Pero es en ese momento de inseguridad personal, donde recuerdo que mi naturaleza es entregada de forma absoluta, aunque con cada entrega, mi corazón salga cada vez más herido.

Deseo y Anhelo

Realmente podré ser tan fuerte y así, lograr mi meta de solo enfocar mi mente en aprender, ¿Realmente podré conseguirlo? Es lo que más deseo, ya que mi mente se enfocó en encontrar el amor y amistad, pero lamentablemente no alcancé un solo aspecto: el amor romántico, aunque he ido cultivando, amistades presentes que han quedado tatuadas dentro de mi ser, las cuales me han protegido del daño, que factores externos han querido causarme.

Ellos se han convertido en mi muro de contención, en mi luz y en mi cascada refrescante, en medio de este mundo árido, donde a la mayoría de las personas, no les importa causar, el peor dolor a otros. Por lo tanto, es mi deseo y anhelo, siempre estar a su lado, hasta el último aliento de mi vida.

Escrito para un corazón enfermo

Dile a tu cuaderno que se manche de tintas y borrones. Que deje de pretender que es perfecto, porque inevitablemente, se quedará sin energías.

Dile a tu pluma que deje de imaginar que es una estilográfica de marca profesional, aunque no lo sea, pues solo es tinta dentro de
una carcasa de plástico.

Arráncale las espinas al guión que estás creando, pues aunque tenga rosas, estas no son milagrosas, ya que, también tienen espinas.

Recuerda que tus palabras sólo curarán un corazón enfermo, cuando estas dejan de inventar excusas y dejan de vivir de la apariencia, al dejar de esforzarse por siempre tener razón.

Por tal motivo, dile a la noche que no muera nunca. Que no permita al sol salir, para que no te aterre lo que pueda suceder, durante el día después de ayer.

Tejer sin telaraña

Solía tejer palabras que dieran un consuelo a mi vida, siempre intentando desenredar todo ese estambre de emociones que se alojaba en mis manos sudorosas, en mi voz entrecortada, en mis miradas desviadas y en mis sonrisas automáticas.

Solo bastaba con mirar hacia atrás, para preguntarme a mi misma, ¿Que puedo rescatar de un pasado que me refinó y me talló con paciente detalle, en la persona que ahora respira? O ¿Qué momentos puedo atesorar de esas pepitas de oro que fueron los buenos tiempos, o incluso, qué enseñanzas han sido grabadas con fuego en mi corazón, de las tristezas que a lo largo de la vida, he tenido?

¿Quizá si miro hacía adelante encuentre algo mejor? Pues, visualizando todo lo que quería obtener, lo que imagino tener en un futuro cercano y lejano, lo que sueño como una eterna soñadora, he llegado a la firme conclusión, que el presente siempre fue lo más difícil, centrarse en algo que conservo en la palma de mis manos, en algo que tengo tan cerca de mí, que en ocasiones, temo no ser capaz de sujetar con las fuerzas necesarias, para que no se escape de mis manos, lo cual puede pasar frente a mi presumiendo oportunidades, que yo pueda llegar a considerar perdidas.

Entonces, ¿A dónde debo mirar? Pues, sin importar a qué dirección se dirijan mis ojos, nunca seré una escritora vacía, desprovista de sentimientos en sus letras, conformándome con el hecho de fabricar en masas poemas e historias, que si bien llenan lo suficiente para un momento de entretenimiento, no son capaces de respirar por sí solas, contentándose con llevar una maltrecha conciencia, la cual se convierte en una presencia perpetua, que justifica sus vidas miserables.

Mi piel a tu Merced

Envuélveme en tu calor, vuélveme loca de deseo, enséñale a mis sentidos, el verdadero significado de la lujuria.

Que en el momento en el que tu piel entre en contacto con la mía, su encuentro consiga detener el tiempo, concediéndonos un toque de la inmortalidad que este sentimiento necesita, para ser invencible.

Mi piel está a tu merced, mis labios a tu servicio; y mis ojos te pertenecen, ya que, lo único que mi corazón realmente necesita, es que tú lo conviertas, en esclavo del exquisito placer, que se alcanza al sentirse deseada, con absoluta devoción.

Loca pasión

Déjame amarte con loca pasión, permitiéndome tenerte en mi corazón, de forma perpetua. Déjame borrar de ti el rastro de otros besos y las huellas de los labios ajenos; y poder amarte hasta el tuétano. Déjame amarte sin censura y sin arrepentimiento, porque cuando llegamos a conocer el verdadero significado del amor, arrepentirse es veneno para el alma.

Espero que te enamores de mi; y que sólo en el universo exista nuestro amor, donde pueda sentir tu calor y mi corazón palpite con frenesí, para que mi piel llegue a sentir la emoción y la sensación, de tus caricias irrefrenables.

Déjame gritar a todo pulmón, que te amo con devoción y con loco deseo. Déjame ser, por siempre y para siempre, tu único amor. No dejemos de vivir este amor tan peculiar que nació, del más hermoso sentimiento.

Desnuda mi alma

Desnuda mi piel y también mi alma, con ternura y frenesí. Dibuja con tus labios, suaves besos que traspasen, la superficie de mi piel.

Consigue que mi mente alucine, por el placer que le produzca, el efecto de sentir tu suave aliento, el cual es la manera que tu cuerpo encontró, de poder transmitirme todo el deseo que emana, de tus emociones repletas de pasión.

Siento que mi piel se extremece, al sucumbir al vaivén de un amor sin igual, el cual le da aliento q mi alma; y conquista a mi apasionado corazón.

Has dulcificado nuestro amor, como cada anochecer, que abraza con fuerza, a las pasiones y a los romances desmedidos.

Llena con besos sensuales, cada rincón de mi vida, abrázame de tal forma, que me llegues al alma, que seduzcas a mis emociones; y vayas directo al corazón, lugar en el puedas calar en cada uno de mis huesos, dándome el aliento de vida.

Por lo tanto, quiero uno de tus abrazos cargado de sentimientos, uno que inunde de calor mi cuerpo y mi piel, impregnándolos de un aroma fragante, que te convierta en inolvidable, para todos mis sentidos.

Las 6 sonrisas del ser humano

Todos los seres humanos poseemos seis sonrisas, que a lo largo de nuestra vida, las producimos al 100%.

La primera de ella la obsequiamos al mundo exterior, cuando algo nos hace reír de verdad, la cual se transforma en batientes carcajadas.

La segunda sonrisa se produce, cuando sólo nos reímos por cortesía, aunque por dentro nos sintamos absolutamente hastiados. La tercera sonrisa la creamos, cuando nos sentimos incómodos, pero debemos ser ecuánimes y diplomáticos.

La cuarta sonrisa es muy importante, porque se produce cuando nos reímos de nosotros mismos, porque sólo cuando nos reímos de nosotros mismos, podemos llegar a conocer la verdadera humildad.

La quinta sonrisa nace de nosotros, cuando algo nos sorprende y estremece nuestra alma.

Y por último, la sexta sonrisa sale al exterior, cuando hablamos de él/ella, es decir, cuando hablamos de la persona que habita de forma apasionada, cálida y ardiente, en nuestro corazón.

Mi primer amor

Fuiste, eres y serás mi primer amor, ese hombre que nunca me dejó sola, que siempre me cuido, que luchó por mi y que fue valiente, ante los desafíos que la vida le presentó, desde que yo llegué a su vida.

Fuiste, eres y serás, ese hombre al que cuando diariamente miraba a los ojos, de forma automática me hacía sentir segura e invencible y con ganas de comerme al mundo. Fuiste, eres y serás, mi primer amor.

Y aunque en la actualidad, emprendiste hace muchos años un viaje hacia un lugar muy lejano, del cual aún no has regresado, el extrañarte, recordarte, añorarte y sentirte cerca de mí aunque mis ojos no puedan verte, te convierten en un ser eterno dentro de mi corazón.

Por tal motivo, quiero agradecerte por haberme dado tus genes, tu sangre, la cual corre por mis venas y tu propia esencia, la cual se encuentra resguardada dentro de mi alma, como mi preciado tesoro. Por eso, fuiste, eres y serás por toda la eternidad, mi primer amor. Te amo de forma infinita, amado papá y te amaré hasta que mis huesos queden tan secos, que se conviertan en fino polvo; y hasta que absolutamente nadie en la tierra, evoque mi recuerdo.

Una poderosa estrella, ilumina mi vida

Un día conocí tu luz y calidez, por casualidad, sin proponérmelo y mucho menos, sin buscarlo. Sin embargo, puedo decirte sin temor a equivocarme, que desde que puedo sentir la cálida luz que emite tu esencia, en mi mente y en corazón, el frío que en ocasiones, me ocasiona la soledad y el silencio, ya no se torna insoportable de sobrellevar.

Eres una poderosa estrella que me ilumina, que me cuida, que me acompaña y que me calienta el alma.

Y aunque no lo creas, el tenerte en mi vida me ha enseñado varías lecciones muy importantes. Me has enseñado que la verdadera conexión entre dos corazones, va más allá que tener muchas cosas de la personalidad en común, pues me has demostrado que la auténtica correspondencia interna, se vive día a día, con cada sonrisa compartida, con cada demostración mutua de afecto, con cada emoción obsequiada.

Y lo más importante y vital, es que desde que puedo presenciar tu brillante luz constante, he aprendido que el sentimiento más profundo que une a las almas gemelas, no siempre es el amor romántico o el que comparte una pareja, sino un sentimiento que trasciende de una manera tan superior, que sólo basta una mirada, para que uno pueda reconocer en la otra persona, la transparencia de sus pensamientos y emociones.

Eres esa brillante estrella que no permite que me hunda en las penumbras más oscuras, por lo que estás en mi corazón, en un estado de absoluto resguardo.

Poesía del Corazón

Comenzaré diciéndote una vez más Te amo, pues en este camino de emociones te iré revelando mis sentimientos.

Cuando estoy contigo, sólo existe amor en mi corazón; el tiempo me da igual, pues el estar contigo es magia y encanto; me haces flotar por un paraíso de ilusiones, de donde nunca más quisiera regresar.

Quizás no sea la mujer perfecta, quizá yo no sea el ideal, quizás no te doy lo que tú quieres, pero de lo que debes estar seguro, es que mi amor por ti, es más que inmenso, es infinito.

Eres más que mi inspiración, eres más que mi propia vida, eres mi plenitud y la bella razón, por la cual deseo siempre vivir.

Y si tu no estas junto a mi, soy como un águila solitaria, buscando su eterna compañía.

He cabalgado por el lomo de los sentimientos; y en tan amplio terreno descubrí, tu nombre y tus hermosos ojos grabados con fuego en cada una de las células, que me permiten vivir.

Es que ya ocupas todos mis pensamientos, ocupas la melancolía de mi alma cuando esta te extraña, haciéndome descubrir, que eres la cuerda de atar, de todas mis fronteras y horizontes.

Mil gracias por cruzarte en mi camino, y mil gracias, por complementarme de forma tan sincrónica.

Cuando una madre llora

Cuando una madre llora, sus lágrimas están llenas de los sentimientos más puros y más profundos que puedan existir. Y la razón de ello, es porque las madres son los seres que más demuestran lo que sienten, con una absoluta transparencia e intensidad.

Cuando una madre llora de felicidad, a todos los que somos testigos de su júbilo, nos queda muy claro que ella es la persona que celebrará cada uno de los logros de sus hijos, con toda la honestidad de su alma, porque los triunfos de ellos, son los triunfos de ella misma.

Pero, cuando una madre llora de tristeza y dolor, sus lágrimas son el claro reflejo, del desgarramiento de su propia alma, ya que, aunque estas pueden brotar como resultado de las tristezas de sus propios hijos, también pueden salir a la luz, producto de su propia soledad, de su propia angustia, de su propio dolor.

Por eso, nunca hay que subestimar los sentimientos y los pensamientos de una madre, porque aunque ella tuvo el privilegio de dar vida a otro ser humano, nunca debemos olvidar que una madre, sigue siendo una persona y una mujer, con necesidad de compañía, de afecto, de comprensión y de amor.

Almas Gemelas

¿Existen las almas gemelas? Pues, yo pienso que sí, es más, las almas gemelas no sólo existen, sino que cuando uno encuentra la suya, la vida se ve de manera diferente, ya que, tener un alma gemela, nada tiene que ver con lo sensorial o con lo sobrenatural. Conseguir nuestra alma gemela, es crear una unión más que estrecha y especial con ella, es la fusión de dos entendimientos y pensamientos, convirtiéndolo en uno solo y una comprensión que sólo puede ser sentida por las almas involucradas.

Por consiguiente, quiero que sepas que tú, eres mi alma gemela; y no se trata de un sentimiento meramente romántico, se trata de lo que hemos construido, sin darnos cuenta, sin proponérnoslo y sin buscarlo. Este sentimiento de completa unión y comunión.

Nos hemos llegado a compenetrar a tal grado, que sin importar dónde nos encontremos geográficamente o con quien estemos, nuestras emociones perciben cuando uno de los dos o ambos, necesitamos sentirnos cerca.

Somos más que dos corazones afines, ya que, somos la fusión de un par de miradas que son capaces, de fortalecer una comunicación sin palabras audibles.

Somos almas gemelas, porque aunque no es un sentimiento meramente romántico, la lealtad, el agradecimiento, el afecto y la admiración, nos han ayudado a edificar a nuestro alrededor, una muralla que nos protege, de los agentes externos, que pueden llegar a ser destructivos. Por esta razón, estoy dispuesta a estar junto a ti, como una luz constante y eterna, hasta que la luna deje de existir.

Mi búho protector de alas invisibles

Gracias por ser ese búho protector de alas invisibles en mi alma, pues, me has enseñado a ser mejor persona, por lo que hoy, quiero decírte de forma directa que eres uno de esos seres humanos en vías de extinción. Y por eso, le doy muchísimas gracias a la vida, por haberte puesto en mi camino, porque personas como tú, hacen de este mundo, un mundo mejor.

Por tal motivo, te quiero cerca de mí. Y no te lo digo sólo por decirlo, te lo digo porque seres humanos como tú, nos enseñan, que la vida hay que enfrentarla, mientras vivimos el día a día, con una armadura de lucha y optimismo. Es por tal motivo, que quiero darte las gracias infinitas, por haberte puesto en mi camino; y por haberme permitido, que yo me colocara en el tuyo.

Tus alas invisibles, me han cubierto con una gran ternura y dedicación, las cuales eran desconocidas para mí, hasta que pude percibir tu cálido cuidado; lo que a su vez te ha permitido, enseñarme grandes lecciones de vida que por toda la eternidad, serán atesoradas en mi corazón y en mi alma, porque con todo lo que me permites conocer y descubrir de ti, me estás regalando parte de tu propia esencia y de tus auténticos sentimientos, lo cual te ha grabado con fuego, dentro de mi ser. Por eso, aunque tus alas no puedan ser visibles para todo el mundo, te pido que ellas nunca me abandonen, ni dejen de resguardarme y protegerme.

Te extraño

Te extraño, aunque en este momento te parezca inverosímil esa expresión dicha por mí, es todo lo que mi corazón siente, por eso, no puedo dejar de expresártelo de forma clara y directa. Y si no lo escuchaste bien, te lo vuelvo a decir: **Te extraño.**

Te extraño con la fuerza de un huracán, con la desesperación de un hombre hambriento, cuando tiene varios días sin probar bocado alguno, con el dolor de una mujer en labor de parto. **Te extraño.**

Y aunque no he dejado de sentirte por completo, tu ausencia me hace sentir perdida y con un cúmulo de emociones encontradas, que están atrapadas en mi pecho y que me piden a gritos, que les otorgue la libertad.

Y esto no se trata de un apego enfermizo, porque no he dejado de respirar o de comer. Tampoco he dejado de plasmar en letras, mi verdadera esencia. Sin embargo, al decirte lo mucho que **Te extraño,** sólo quiero que sepas que desde que te resguardaste en ese muro de contención que tú mismo construiste, mi alma se está tiñendo de un lúgubre gris, color que está desproveyéndola de los hermosos colores, que tú le enseñaste a descubrir. Por consiguiente, estas palabras no me convierten en un ser dependiente de tus emociones, de tus reacciones o de tus palabras, al contrario, me convierten en una persona que espera de forma paciente viendo la luna, que tu largo viaje pronto sea transformado y modificado, con el fin de que no sueltes mi mano y sigas acompañándome en cada paso que doy; permitiéndome a su vez, que yo también lo haga contigo.

Por eso, al decirte que **Te extraño,** no lo digo por un apego malsano, lo digo porque el no verte a mi alrededor, es como si mi vulnerabilidad escondida y dormida, quisiera intentar despertar, para sentarse a mi lado y abrazarme con todas sus gélidas fuerzas.

Un viaje sin retorno anunciado

Un día soleado, tomaste tu equipaje, el cual ya habías preparado con antelación; y te fuiste, ese día comenzó tu largo viaje, el cual aún no ha tenido fecha de regreso.

Te vi marchar en solitario, sin decir ni una palabra, aunque ya yo esperaba el día de tu partida. Sólo logré ver tu sombra en la lejanía y cerrando mis ojos, sólo deseé que este viaje fuese lo que necesitabas para descansar.

Nunca quise que te fueras, sobre todo, porque extraño mucho tu presencia y no hay un solo día, en el que no quiera contarte cómo va mi vida, porque eres una de las personas más importantes para mí, pero estoy convencida que cuando vuelva a verte, porque sé que te veré muy pronto, te abrazaré tan pero tan fuerte, que nunca más te dejaré marchar, aunque en este momento, me toque esperar tu regreso, de ese viaje sin un retorno anunciado.

Carta a la niña que fui

Una importante conversación, con mi pasado.

Amada Sayduvis, mi hermosa Say, ¿Cómo estás? Te saludo con una gran sonrisa en mi rostro, esperando que te encuentres bien. Sé que te estarás preguntando quién soy yo, porque estoy consciente que por ahora no me conoces, pero muy pronto lo harás y muy bien. Es más, te contaré un pequeño secreto: tú y yo seremos muy buenas amigas, en el futuro.

Te escribo estas líneas, porque sé lo alegre y extrovertida que eres, veo que te gusta mucho la música y ver películas, que te gusta bailar y hacer amigos; por lo que quiero que sepas, que te admiro profundamente por eso, porque a pesar de las duras circunstancias que te ha tocado vivir, siempre estás dispuesta a regalarle una sonrisa, a todo aquel que te conoce, esa capacidad no es desarrollada por todos los habitantes de este planeta. Sin embargo, tú siempre la has desarrollado, desde que tienes uso de razón; y lo has hecho de forma sobresaliente, tanto es así, que cualquiera que te conoce, queda impactado con tu alegría de vivir.

No obstante, también sé que a veces te preguntas, por qué nunca pudiste caminar, lo cual en ocasiones, te roba un poco la alegría; y hasta algunas veces te ha hecho derramar, alguna que otra lágrima. Déjame decirte que, no está mal que te sientas así, porque eres humana y porque, la enfermedad que contrajiste cuando tenías 3 meses de nacida, tú no la escogiste; y mucho menos escogiste, el vivir con las consecuencias de la misma. De hecho, no está mal que te sientas triste y, hasta fuera de lugar, porque todo eso forma parte del proceso de adaptación. Por ejemplo, sé que al ver a tus compañeros de clase o a otros niños corriendo o caminando, te preguntas por qué ellos pueden hacerlo y tú no; y ser consciente de ese punto te entristece un poco.

Pero, no permitas que la tristeza domine tus pensamientos y tu corazón, al contrario, disfruta cada momento de tu vida, como si fuera el último, porque te esperan cosas importantes, cosas grandes, cosas que te llenarán el corazón de felicidad, así como algunas, que te harán conocer la tristeza y algunos duros golpes, los cuales aunque te dolerán y hasta te romperán en tu interior, también aprenderás mucho de esas experiencias y madurarás en el proceso, algo que te darás cuenta, mientras pasen los años y las vivencias.

¿Te encantan los idiomas verdad? Pues, te pido que desarrolles esa habilidad, porque ¿Te cuento algo? Aprenderás más de dos lenguas distintas al español, incluido uno que ni en tus sueños más locos, creíste poder hablar; y ya verás, que hasta podrás comunicarte con personas que tienen dicho idioma, como lengua materna, lo que te permitirá conocer una cultura y costumbres, completamente diferentes a las tuyas, lo que se convertirá en un logro más para ti, algo que traerá un gran aprendizaje e infinita alegría, a toda tu vida. ¿Te gusta la historia? Pues, adéntrate en ese maravilloso mundo; y te aseguro, que no te arrepentirás jamás.

Por otra parte, tengo conocimiento de que te gusta leer y sobre todo, que te fascina escribir, ¿Cierto? Siendo así, quiero pedirte algo: Explota al máximo estas capacidades, conviértete en una lectora compulsiva; y, sobre todo, empieza a escribir lo que te guste, ya que, estoy segura que el hacerlo, te traerá grandes satisfacciones, pues llegará el día, en el que des a conocer tu talento y habilidades literarias al mundo entero, el cual se sentirá sumamente complacido y conmovido, con el hermoso don que posees, don de transformar simples letras, en profundos sentimientos, permitiéndote de esta manera, que por medio de la literatura, encuentres el lugar al que tú perteneces, el lugar que la vida eligió para ti, pues una vez que conozcas este mundo y lo hagas tuyo, no saldrás de el, nunca jamás. Es más, te adelanto que los lemas que dirigirán tu vida y tu gran pasión en el futuro, serán: **<Yo, me moriré escribiendo. Y Yo soy una lectora 24/7>.**

Te pido, que nunca dejes de sonreír y nunca permitas, que las circunstancias externas, te roben el gozo y las ganas de vivir, recuerda que todos los días representan una oportunidad nueva para ser una mejor persona, así que supérate a ti misma a diario, exige el máximo de ti, oblígate si es necesario, a dar lo mejor de ti, sin instalarte nunca en la ley del mínimo esfuerzo; y jamás olvides, que tienes un hermoso corazón, el cual te ha convertido en un verdadero ejemplo de constancia, perseverancia y optimismo, para las personas jóvenes y adultas, tanto ahora como en el futuro, porque eso formará parte de tu propia esencia.

Siempre sé tú misma, no intentes aparentar lo que no eres, ni apagues tu verdadera personalidad, porque tengas miedo de lo que puedan opinar las demás personas, si te muestras tal y como eres, al contrario, siempre sé auténtica, porque eso es lo que te hace ser, una joya muy valiosa y una persona excepcional y única, en este mundo plagado de superficialidad y de personas vacías, que sólo buscan moldearte a su propia conveniencia. Jamás permitas que eso ocurra.

Aférrate a tu familia, a todos ellos, pero, sobre todo, a tu madre y a tu padre, ámalos con todo tu corazón, agradéceles todos los sacrificios que han hecho y que hacen por ti, porque ellos son tu puerto seguro y créeme, lo seguirán siendo a lo largo de tu vida, aunque uno de ellos, específicamente tu padre, emprenda un largo viaje sin retorno, hacia un largo descanso, en el futuro no tan cercano.

Por cierto, a este respecto, escucha muy bien lo que te diré a continuación: nunca te permitas olvidarlo, mantenlo siempre presente, en cada logro, en cada tristeza, en cada proyecto que emprendas, en cada risa que des y en cada lágrima que derrames. Recuérdalo, añoralo y extráñalo las veces que sean necesarias, mantenlo vivo en tus pensamientos y en tu corazón, porque te aseguro, que cuando lo vuelvas a ver, a él le dará mucho gusto saber, que a pesar de su ausencia prolongada, su gran tesoro siempre lo tuvo presente, con intenso ahínco.

En lo que respecta a tu madre, conviértela en tu compañera de vida, en tu aliada, en parte de tus alegrías y de tus tristezas; porque aunque ambas tienen personalidades muy distintas, aprenderás muchísimo de su gran ejemplo de amor y dedicación. En pocas palabras, que ella sea tu columna y pilar; y verás, que nunca te faltarán las fuerzas y los motivos para no darte por vencida, porque ella te los dará con sólo mirarte.

A tus hermanos, quiérelos con toda tu alma, tal cual como son, con sus virtudes y sus defectos, porque ellos estén donde estén, siempre velarán por tu bienestar y felicidad. Son tus guardianes y paladines, que siempre estarán dispuestos a darlo todo por ti.

Y por último y no menos importante, cultiva una fe fuerte y una espiritualidad de acero, fortalece a diario, tu relación personal con tu padre celestial, ya que, esto se convertirá en tu fortaleza principal, en el ancla que no te permitirá naufragar ni desfallecer, cuando el mar de la desilusión y de la decepción, quiera ahogarte sin compasión existente, pues la fe, la espiritualidad y tu estrecha y real amistad con Jehová Dios, impedirán en muchas ocasiones, mueras de pena y sufrimiento, sobre todo, cuando lleguen los años de tu adolescencia, con todos los cambios físicos y emocionales que la adolescencia conlleva; y en los primeros años de tu adultez, especialmente cuando te enamores en serio y te enfrentes, a los desafíos más duros de tu vida amorosa, porque si, vivirás algunas situaciones que te pondrán frente a frente, al dolor intenso que experimenten tus sentimientos, cuando sean heridos. Sin embargo, te suplico que no te agobies ni te asustes por ahora, porque todavía falta mucho para que eso ocurra; y porque con toda seguridad, muy pronto recibirás una segunda carta de mi parte, en la que te hablaré a detalle, sobre este asunto.

Por otra parte, antes de despedirme, debo advertirte de forma clara y honesta, que en el futuro, algunas personas muy cercanas a ti, te harán conocer el significado de las palabras: traición y deslealtad, estas personas se acercarán a ti y fingirán quererte, con el único objetivo de congraciarse con algún miembro de tu familia, por algún interés malévolo, o incluso, para aprovecharse de tu cariño y del lugar que les diste en tu vida, esas personas intentarán cortar tus alas para no permitirte volar, de hecho, querrán violar tu privacidad y tu derecho de decisión, al subestimar tu inteligencia, tu capacidad de análisis y tu astucia, por lo que te pido por favor, que no se los permitas jamás, lucha con uñas y dientes si es necesario, por tu independencia y por tu individualidad, lucha ferozmente y hasta el cansancio, para que nadie te haga sentir menos o diferente, nunca pero nunca, tengas lástima de ti misma, acepta que la silla de ruedas es parte de ti y no la odies; y mucho menos permitas, que otros decidan que grado de libertad deberías tener, porque quiero que siempre tengas presente, que tu vida es tu vida, no la de los demás y que una silla de ruedas, no te hace ser ni menos persona, ni menos mujer, ni menos responsable de tus propias decisiones, porque tomarás buenas decisiones, así como tomarás otras malas y tendrás que asumir las consecuencias de las mismas, sean estas buenas o malas, pero al final del día, son tus decisiones, por lo que eres tú la que tendrá que asumir el costo de haberlas tomado; y algo muy importante que debes conocer desde ahora es, que nadie tiene el poder de hacerte daño, a menos de que tú se lo des primero.

Por tal motivo, no dejes que otros decidan por ti, no les des a otros el poder de lastimarte, porque si se los das, ten por seguro que lo usarán sin piedad alguna. Blinda tu propio corazón, con el acero más resistente que exista, porque de esta manera, te ahorrarás mucho sufrimiento y derramarás, menos lágrimas de las necesarias.

Y con estas palabras, me despido de ti, pero sólo por el momento, ya que, como te dije antes, muy pronto recibirás otra carta de mi parte, la cual contendrá una verdadera guía para ti. ¿Qué cuando la enviaré? Cuando menos la esperes.

Mientras ese día llega, disfruta tu vida y sé muy feliz, al lado de quienes te aman con todo el corazón.

Ah y antes de que lo olvide, trabaja constantemente por hacer tus sueños realidad, porque eso si es posible y porque, pronto tú misma comprobarás que los verdaderos límites y barreras del ser humano, solo existen en la mente de quien le tiene miedo a vivir; y sólo se conforma con una actitud mediocre ante su propia existencia.

PD. Sé que no te gusta la forma rizada de tu cabello, sé que desearías tenerlo de otra forma, por lo que te tengo buenas noticias: esos rizos no te

durarán toda la vida, todos tus arduos esfuerzos futuros por eliminarlos, habrán valido la pena. Y aunque no te estoy diciendo que tendrás el cabello liso completamente, ya no tendrás tu cabello rizado. (Sé que al leer esto, me regalarás la mejor de tus sonrisas; y eso para mí, esa es la mejor recompensa)

Con mucho amor, admiración y respeto: Una persona que te habla desde el futuro, la cual desde que comenzó a conocerte de forma consciente y real, te ama con todas sus fuerzas.

Reflexión final de la Autora

Ante todo, le agradezco de todo corazón, a todo aquel que ha leído y disfrutado, esta importante conversación, que he tenido con la niña que una fui, una conversación que para mí era necesaria, porque en ocasiones, los seres humanos debemos dar un vistazo a la persona que fuimos, a los niños que a veces, terminan siendo olvidados e ignorados, por el adulto que somos, olvidándonos que este niño, aunque no vuelva a tener un papel protagónico en la película de nuestra vida, siempre permanecerá a nuestro lado, como nuestro acompañante silencioso, el cual anhela con todas sus fuerzas, que le abramos nuestro corazón, para que le sirvamos de guía, en sus propios sentimientos.

Por consiguiente, cierto día decidí, escribirle esta emotiva y honesta carta, a la niña que, con gran esfuerzo y empeño, se dedicó a fortalecer uno a uno, todos los eslabones que, en el futuro, se erigiría como la gran muralla, que hoy, resguarda de forma celosa e impetuosa, a mis invaluables sentimientos.

Sayduvis Blanco Neira.